U0052696

兒童文學叢書

韓　秀／著

鄭凱軍
錢繼偉／繪

俄羅斯的大橡樹

小說天才屠格涅夫

三民書局

國家圖書館出版品預行編目資料

俄羅斯的大橡樹:小說天才屠格涅夫 / 韓秀著;鄭凱軍,
錢繼偉繪.——二版一刷.——臺北市: 三民, 2011
面; 公分.——(兒童文學叢書・文學家系列)

ISBN 978-957-14-2840-6 (精裝)

1.屠格涅夫(Ivan Sergeyevich Turgenev,1818—1883)
—傳記—通俗作品

859.6

© 俄羅斯的大橡樹
——小說天才屠格涅夫

著作人 韓 秀
繪者 鄭凱軍 錢繼偉
發行人 劉振強
著作財產權人 三民書局股份有限公司
發行所 三民書局股份有限公司
地址 臺北市復興北路386號
電話 (02)25006600
郵撥帳號 0009998-5
門市部 (復北店)臺北市復興北路386號
(重南店)臺北市重慶南路一段61號
出版日期 初版一刷 1999年2月
二版一刷 2011年3月
編號 S 853921
行政院新聞局登記證局版臺業字第〇二〇〇號

ISBN 978-957-14-2840-6 (精裝)

http://www.sanmin.com.tw 三民網路書店

閱讀之旅
(主編的話)

很早就聽說過藝術大師米開蘭基羅、梵谷、莫內、林布蘭、塞尚等人的名字;也欣賞過文學名家狄更斯、馬克・吐溫、安徒生、珍・奧斯汀與莎士比亞的作品。

可是有關他們的童年故事、成長過程、鮮為人知的家居生活,以及如何走上藝術、文學之路的許許多多有趣故事,卻是在主編了這一系列的童書之後,才有了完整的印象,尤其在每一位作者的用心創造與撰寫中,讀之趣味盈然,好像也分享了藝術豐富的創作生命。

為孩子們編書、寫書,一直是我們這一群旅居海外的作者共同的心願,這個心願,終於因為三民書局的劉振強董事長,有意出版一系列全新創作的童書而宿願得償。這也是我們對國內兒童的一點小小奉獻。

西洋文學家與藝術家的故事,以往大多為翻譯作品,而且在文字與內容上,忽略了以孩子為主的趣味性,因此難免艱深枯燥;所以我們決定以生動、活潑的童心童趣,用兒童文學的創作方式,以孩子為本位,輕輕鬆鬆的走入畫家與文豪的真實內在,讓小朋友們在閱讀之旅中,充分享受到藝術與文學的廣闊世界,也拓展了孩子們海闊天空的內在領域,進而能培養出自我的欣賞品味與創作能力。

這一套書的作者們 , 都是和我一樣對兒童文學情有獨鍾,對文學、藝術更是始終懷有熱誠,我們從計畫、設計、撰寫、到出版,歷時兩年多才完成,在這之中,國內國外電傳、聯絡,就有厚厚一大冊,我們的心願卻只有一個——為孩子們寫下有趣味、又有文學性的好書。

當世界越來越多元化、商品化的今天,許多屬於精神層面的內涵,逐漸在消失、退隱。然而,我始終牢記心理學上,人性內在的需求——求安全、溫飽之後更高層面的精神生活。我們是否因為孩子小,就只給與溫飽與安全,而忽略了精神陶冶?文學與美學的豐盈世界,是否因為速食文化的盛行而消滅?這是值得做為父母的我們省思

的問題，也是決定寫這一系列童書的用心。

我想這也是三民書局不惜成本、不以金錢計較而決心出版此一系列童書的本意。在我們握筆創作的過程中，最常牽動我們心思的動力，就是希望孩子們有一個愉快的閱讀之旅，充滿童心童趣的童年，讓他們除了溫飽安全之外，從小就有豐富的精神食糧，與閱讀的經驗。

最令人傲以示人的是，這一套書的作者，全是一時之選，不僅在寫作上經驗豐富，在文學上也學有專精，所以下筆創作，能深入淺出，饒然有趣，真正是老少皆喜，愛不釋手。譬如喻麗清，在散文與詩作上，素有才女之稱，在文壇上更擁有廣大的讀者群；韓秀與吳玲瑤，讀者更不陌生，韓秀博學用功，吳玲瑤幽默筆健，作品廣受歡迎；姚嘉為與王明心，都是外文系出身，對世界文學自然如數家珍，筆下生花；石麗東是新聞系高材生，收集資料豐富而翔實；李民安擅寫少年文學，雖然柯南・道爾非世界文豪，但福爾摩斯的偵探故事，怎能錯過？由她寫來更加懸疑如謎，趣味生動。從收集資料到撰寫成書，每一位作者的投入，都是心血的結晶，我衷心感謝。由這一群對文學又懂又愛的人來執筆寫文學大師的故事，不僅小朋友，我這個「老」朋友也讀之百遍從不厭倦。我真正感謝她們不惜時間、心血，投入為孩子寫作的行列，所以當她們對我「撒嬌」:「哇！比博士論文花的時間還多」時，我絕對相信，也更加由衷感謝，不僅為孩子，也為像我一樣喜歡文學的大孩子們，可以欣賞到如此圖文並茂，又生動有趣的童書欣喜。當然，如果沒有三民書局的支持、用心仔細的編輯，這一套書是無法以如此完美的面貌出現的。

讓我們一起——老老小小共同享受閱讀之樂、文學藝術之美，也與孩子們一起留下美好的閱讀記憶。

簡宛

作者的話

記得第一次讀屠格涅夫的小說，讀的是他的短篇小說集《獵人筆記》。那時候，我十一歲。

那是多麼美麗的小說啊！我好像走在一座樹林裡，抬頭可以看見高高的藍天，低下頭來，四周一片翠綠。風吹動樹葉沙沙的響，風也吹動覆盆子樹的枝椏，在我的頭上搖過來、盪過去。不知道從什麼地方傳來鴿子的咕咕叫聲，蜜蜂嗡嗡的在稀疏的青草上低飛。撥開枝葉，向遠處看，天氣非常好，爽快、清涼的微風吹拂著大地，愉快的輕輕呼嘯著，舞動著。

風，把一切都吹動了，我好像要跟著那風跑起來、飛起來，去看那一塊大得不得了的土地上發生的一切，去聆聽那風兒帶來的歌聲，去傾聽那風兒講述的故事。

比十一歲更小的時候，我念普希金的詩，背誦著「漁夫和金魚」的故事，只比背誦「床前明月光」晚了一點點。

比十一歲大了一點的時候，一步又一步的，走進了俄羅斯文學的殿堂，讀的是中文譯本或是俄文原作。

忽然之間，讀書變得有罪了，世上所有美好的文學作品都在一夜之間成了毒草，無數的好書被燒成了灰燼，其中當然有普希金的詩，也當然有屠格涅夫的小說。

可是，那時候我已經十七歲了。什麼樣可怕的事情都嚇不倒我了。在我的勇氣裡面，有屠格涅夫留下的禮物。

屠格涅夫是一位受過很多苦的作家，但是他從來沒有對人性產生任何的失望。他所遭受的痛苦有很多來自他至親的親人，來自他付出過無限關愛的友人，來自他無法忘懷的祖國。但是，他從來沒有失去信心，他永遠相信人性的美好和光輝。

我永遠不會忘記在黑暗中，屠格涅夫的小說像藍天和微風一樣，帶給我光明和純淨。

這就是為什麼，在許多閃亮的恆星中，我選擇了屠格涅夫，把他和他的作品介紹給親愛的小讀者。

我相信，屠格涅夫和他的小說，將為你們打開一道門，引領你們看見一個真正美麗的新世界——俄羅斯文學。

韓秀

屠格涅夫

Ivan Sergeyevich Turgenev

1818～1883

如果，世界文學的歷史像夏夜的星空一樣，十九世紀就該是那閃閃發光的銀河系。

在十九世紀，俄羅斯的文學家們所發出的光輝是特別耀眼的。

那是多麼偉大的一百年啊！我們先有了普希金、果戈理。後來，我們又有了萊蒙托夫、屠格涅夫、涅克拉索夫、列夫・托爾斯泰和杜斯妥耶夫斯基。當然，還有偉大的批評家別林斯基。

那是多少耀眼的恆星啊！有了他們，俄羅斯文學就在世界文學史上占了一個非常非常重要的地位。

今天，我們就來認識偉大的小說家屠格涅夫。他是一位溫和的、善良的作家。他的小說非常美麗；而他自己，就像一棵大橡樹一樣，牢牢的站在俄羅斯的大地上，吸收著土壤裡的營養和水分。

1. 童年

大家都說，童年的記憶是非常重要的。一個人，如果有快樂的童年，走在成長的路上，會比別人更加有自信，日子也會過得比較輕鬆。

這句話有道理，但是例外的情形也是有的。

屠格涅夫的童年很不快樂。他後來的路走得並不輕鬆。但是，他有自信，他很努力的走出童年的陰影，成長為一個充滿自信的人，一位成功的作家。

俄國人的姓名分為三個部分：名字、父親的名字，和姓。屠格涅夫的全名是伊凡・謝爾蓋耶維奇・屠格涅夫。屠格涅夫家族是一個古老的貴族家庭，在伊凡大帝的時代就已經很有名了。到了小伊凡的祖父在軍隊裡作

軍官時，這個家族就不那麼有錢了，土地被一塊又一塊的賣了出去。

到了小伊凡的父親謝爾蓋耶維奇成年的時候，祖父就要求謝爾蓋耶維奇娶一位有錢的女子，好讓這個家族再變得有錢起來。

那個時候，屠格涅夫家族的世襲領地在奧廖爾省，在這個領地附近，有一個地方叫做斯巴斯科耶。在那個大莊園裡住著一位有錢的女地主，她姓盧托維諾娃。

小伊凡的祖父認為盧托維諾娃可以帶給自己的家族足夠的金錢，使得屠格涅夫這個姓氏再次顯赫起來。他成功了，兒子娶了盧托維諾娃。小伊凡是他們的第二個兒子。

盧托維諾娃帶來了金錢，卻沒有帶來快樂。從她嫁到屠格涅夫家，一直到一八五〇年她死去，在長達三十年的日子裡，她帶給小伊凡和他的哥哥尼古拉許多不快樂、許多苦痛，甚至仇恨。

我們從屠格涅夫的作品裡找不到他對童年的回憶。往事只是一點一滴的出現在他的小說裡。從這些點點滴滴，我們可以看到一些畫面，可以感

覺小伊凡的成長。

一八一八年十一月九日，小伊凡出生在屠格涅夫家族的原鄉奧廖爾。

在小伊凡很幼小的時候，全家搬到了斯巴斯科耶——小伊凡母親盧托維諾娃的領地。小伊凡的外祖父在這塊領地上興建了一個非常美麗、非常寬廣的大花園。

好多好多年過去了，當地的老人們談起那個大花園的興建，還是有著說不完的故事。多少樹啊！松樹、樅樹、橡樹、冷杉和落葉松。多少種果樹啊，移植成一個大果園。還有暖房和玻璃溫室，養著各種顏色的鮮花。連林蔭道都設計成 XIX 形（羅馬數字十九）以紀念那個偉大的世紀。

樹林裡，樹木發出輕柔的聲音，好像老祖母正在講著好聽的故事。在人們找不到的角落裡，花兒靜靜的開著。小伊凡喜歡那些角落，他坐在草叢裡，聽樹葉、小草的吟唱。

但角落以外的世界是兇暴和殘忍的。那時的俄羅斯是一個實行農奴制的大帝國，斯巴斯科耶的莊園是個小帝國，手握生殺大權的君主是小伊凡的母親。她嚴酷的統治著她的莊園、

孩子和奴僕。

莊園裡的農奴有四十位。其中，有不知名的畫家和詩人。在大花園幽祕的角落裡，他們成了小伊凡最早的老師。他們悄悄的讀詩給孩子聽。小伊凡從他們那裡第一次感覺到俄羅斯語言的美麗。

可是，殘暴的事情卻每天都在發生著。女地主對莊園裡農奴們的統治沒有絲毫的放鬆。因為一點點小事，

有時候，一點原因也沒有，只是女地主心情不好，馬廄裡就傳來鞭打的聲音。小伊凡坐在樹底下，縮成一團，焦急的等待那些鞭刑的結束。

小伊凡自己，不挨打的日子也是很少的。他常常被打了一頓，卻完全不明白自己錯在哪裡。他也完全沒有勇氣問一聲「為什麼?」好不容易，有一次，他怯怯的問了，得到來自母親的回答是惡狠狠的一句:「你自己最清楚，還用問？！」

小伊凡就這樣在恐怖裡一天天長大。他不懂，為什麼自己的母親要用這種法子表現她的威權，他自己和哥哥尼古拉都是聽話的好孩子，莊園裡的人們也工作得非常勤奮。母親還有什麼不滿意呢？他不懂。

得不到母親的愛，小伊凡更加依戀父親，他多麼希望父親會注意到他啊！

不幸的是，父親永遠客氣而且冷淡。好像空氣裡有一隻大手，把小伊凡從父親身邊推開。

斯巴斯科耶莊園裡好像只有女主人，男主人並不管事，連對小伊凡的教育這種不十分要緊的題目，父親也

從來不表示意見，小伊凡發現，父親對自己的事完全沒有興趣，連聽都不願意聽。

那麼，他的興趣在哪裡呢？他可以整日整夜的玩紙牌、喝酒。他不願在兒子們身上花費一點點精神。

小伊凡一天天沉默不語，用他的眼睛注視著他不懂的東西，用他的心去感覺周圍的一切。他能感覺到家人的不快樂，但是他沒有任何辦法改變什麼。他注視著莊園，注視著那些一直關心他、愛護他的農奴們。

他驚訝著，農奴們怎麼能夠忍受那些來自他母親不講理的命令，那些日夜不間斷的殘忍折磨：他們被呼來喝去，他們被打罵，他們像牛馬一樣勞作。他們被買進、被賣出。但是，他們沒有聲音！

小伊凡在不知不覺中一天天加深著對農奴制的痛恨。他憐惜農奴，更憐惜那些農奴的孩子。

女地主知道小伊凡的「弱點」。當他長大一些，出門念書而不想給母親寫信的時候，她就想出各種古怪的辦法折磨莊園裡的小農奴。她知道伊凡的心會痛，會痛得受不了，會寫信給她來換取那些小農奴暫時的平安。看著那些被迫寫出的信，女地主很高興，她喜歡手上握著權力。

無論斯巴斯科耶是多麼美麗，無論白露沾溼的草地多麼清香，無論苦艾、蕎麥和三葉草瀰漫著怎樣醉人的

甘甜，無論挺拔的橡樹林怎樣在陽光下舞成一片大火……

所有的美好都被殘忍沖淡了。

很多年以後，研究屠格涅夫的學者們在揭開他童年遭遇的這一頁的時候，都心痛不已，也都敬佩屠格涅夫的堅韌。在沒有親情的歲月裡，屠格涅夫像一棵小橡樹一樣，從俄羅斯原野上吸取水分和營養。俄羅斯美麗的自然景色不斷出現在他的作品裡，他成了描寫自然美景的大師。

小橡樹一天天的長大了。

2. 求學

小伊凡九歲時搬到莫斯科，和哥哥一起在一所叫維登哈麥的寄宿學校念書。他們在這所學校裡住了兩年。

一踏進校門，小伊凡就發現：大家都來自富裕的貴族家庭。孩子們離開了各自冷清清的大房子，和小伙伴們住在一起，又脫離了家裡的約束，個個歡天喜地。

忽然有一天，來了一位新同學，他身上的衣服又舊、又小、又短。但是，這位小朋友一點也不因為自己是個貧苦的孤兒而難為情。這個有著蔚藍色大眼睛的孩子大大方方的打量著周圍。孩子們的嘲諷、刁難、冷淡或是做鬼臉，他都看不見也聽不到。他只對學校裡的各種功課有興趣。他畫畫、寫詩，用法文、用英文，甚至用

義大利文。

小伊凡對他充滿了好奇。兩個人很快就成了好朋友，形影不離。功課沒有花費小伊凡太多心思，和這位出身平民的小朋友的友誼，才是小伊凡在這所寄宿學校生活兩年留下的最珍貴記憶。

後來，伊凡和哥哥又轉學到另一所學校，在那裡只念了幾個月，但那幾個月是多麼有趣啊！伊凡的父親有一位朋友是作家，伊凡在這短短幾個月裡，聽老師朗誦了這位作家的長篇小說。很多年以後，這部小說的許多細節，屠格涅夫都記得清清楚楚。很多年以後，朗誦小說也成了屠格涅夫和朋友們見面，最有趣的一個節目。

十二歲的時候，伊凡有了兩位指導老師，一位是詩人，另一位是小說家。除了必須學習的俄文、歷史、地理、數學、美術以外，伊凡的法文、德文、英文的程度已經很高。

伊凡十三歲考進莫斯科大學，一年以內，又在物理、拉丁文方面有了驚人的進步。後來，伊凡全家搬到彼得堡去，他也就從莫斯科大學轉到彼得堡大學哲學系。

在這段時間裡，別林斯基的文章打開了伊凡的眼界，讓他早早就分辨得出文學作品的高下、優劣。從那時候起，這位偉大的文學批評家的名字就刻寫在屠格涅夫的心上了。

在屠格涅夫十五歲的時候，他開始寫詩、詩劇和散文。在他不到十八歲的時候，他的評論文章已經發表在教育部的雜誌上了。

然而最吸引伊凡的俄羅斯文學是詩人普希金的作品。他在十九歲那一年，曾有過兩次機會看到普希金，看到這位詩歌之神。

第一次，他和普希金在一個聚會的門外擦肩而過，雖然時間那麼短，伊凡還是非常高興，他看見了普希金生動活潑的眼睛，他看見了普希金愉快的笑容。他激動不已。

那個時候，上流社會盛傳著普希金夫人的許多故事，那些故事甚至暗示著沙皇與那美麗女人之間的浪漫。普希金，這樣一位高傲的詩人怎麼能容忍這些故事的流傳呢？

伊凡同情普希金，為他難過，特別是他第二次看到普希金在一個聚會上煩惱的表情。他知道普希金心情不好。他不知道自己可以為普希金做些什麼，他也煩惱了起來。

伊凡作夢也沒有想到，那是他最後一次看見普希金。幾天以

後，普希金向一個無賴要求決鬥，並且當場死在那個無賴的槍口下。

一位天才用英勇的死，去洗刷社會潑到他身上的侮辱。

這實在太過分了！屠格涅夫非常激動。夜晚，他坐在燈下捧讀普希金的長詩〈葉浦根尼．奧涅金〉。詩人在長詩裡懷著複雜的心情描寫正直、善良、純真的青年連斯基，寫到連斯

基為了保衛自己和未婚妻的尊嚴而要求決鬥，死在決鬥場上。天才的普希金早早就預感到自己將怎樣離開這一個骯髒的世界。

屠格涅夫被天才的死給震動了。他寫了一部作品，題目是「我們的世紀」。從這裡，他踏上了文學的路。

那一年，他十九歲。

3. 海上大火

彼得堡大學內容豐富的生活，以及屠格涅夫深深熱愛的俄羅斯美景都留不住他了，他要到國外去。

為什麼？屠格涅夫小心的把自己出國念書的目的掩藏起來，在長時間的討論裡，他讓母親相信，他只是希望接受更優雅的教育，成為一個風度翩翩的上等人，真正符合屠格涅夫這個貴族姓氏。

三十多年以後，他才坦然告訴大家：當年他奔向國外只是不肯再向俄國的農奴制度低頭，他要尋找另外一條路。

他終於走了，踏上了一條船。船的名字叫做「尼古拉一世號」。這條船應該在離開彼得堡海邊碼頭以後，順水順風，經過四晝夜航程抵達德國

的呂貝克市。

船上有二百五十多位乘客，還有二十八輛輕便馬車。去西歐旅遊的俄國地主下船後，馬上就坐上了自家的馬車。好多馬車上都裝飾著貴族的家徽和紋章，炫耀著主人顯赫的家世。

未滿二十歲的屠格涅夫想出了好辦法打發時間，他建議一位旅客和他下棋。屠格涅夫自己是位棋壇好手，那位旅客的段數也不低，棋逢對手，兩人戰得難分難解，觀戰的人們好多年以後都還記得那局棋。

到了第四天的傍晚，屠格涅夫搖搖晃晃的離開了棋局。他走進了另外一座通艙，裡面一張大桌子上，賭博正在狂熱的進行著。

有一位先生邀請屠格涅夫參加。他天真的告訴對方，他從來沒有摸過紙牌。那位先生哈哈大笑，衝著賭伴們高聲大叫，說他發現了一個寶貝，「這位年輕人注定要在牌桌上享受到巨大的、前所未有的幸福！天哪！快二十歲了，還沒有摸過紙牌……啊！」

四十年以後，屠格涅夫回憶起這件趣事，還是不明白，當年的自己怎麼可以在十分鐘之內就在桌子旁邊坐下，手裡握著一大把紙牌，賭得忘了一切。錢像水一樣在他眼前流淌。他的雙手顫抖，滿手是汗，手邊的金幣堆成了兩座小山。

更加意外的事情發生了，輪船著了大火。

賭徒們丟下金幣和鈔票，跳起來奔出門去逃命。

屠格涅夫兩眼發直的站在甲板上

不動。大火像是燒透了的煤，發出暗紅色的光，照亮了整條船。人們在甲板上東奔西跑，著了火的馬車成了一個個火球，在甲板上滾來滾去。人的哭叫、馬的嘶吼混成一片。忽然，轟然一聲巨響，煙囪兩側和桅桿周圍升起了兩道烈火熊熊的大煙柱，甲板上的混亂更可怕了，已經沒有辦法制止了……

在衝天大火和濃煙中，年輕的屠格涅夫聽到船長鎮定自若的聲音：「您站在那兒做什麼？快跟我們走！」

他看清了一位水手被煙熏得漆黑的臉，緊跟了上去，順著繩梯爬到了船頭。這才發現，船的右舷正在放下一條又一條的舢舨，老人、婦女和孩子們已經划行在輪船和海岸之間，水手們動作簡潔有力，一批批的把乘客送上岸去。

屠格涅夫看到船長和水手們在大火裡一聲不響，頑強、勇敢的從死神手裡奪回許多生命，他學到了很多，很多。

下雨了。細密的雨把獲救的乘客淋得渾身溼透。他們站在岸上看著那條還在冒煙的焦黑的船，看了好久。

混亂當中，有幾位乘客沒能活著逃出來，其中一位就是曾和屠格涅夫

下過棋的。曾經在棋盤上頭對頭度過白天和黑夜的兩個人一下子變成生死異路，其中的殘酷讓屠格涅夫在短短的時間裡成長起來，變得成熟了。

屠格涅夫多年來沒有辦法忘記那場大火，也無法忘記他當時內心的感受以及事後的領悟。那些場景、感受

和領悟一直銘刻在心上。到了晚年，他寫了一篇著名的隨筆〈海上大火〉做為紀念。

4. 青春和友情

人在青春年少的時候，多半有過美好的浪漫日子，友情和愛情讓那些日子特別美麗。屠格涅夫也不例外，只是，他等了相當長的時間——比方說三年，五年，二十年，三十年——以後，把激情化成了成熟的文字，寫成了小說和詩篇。

屠格涅夫在柏林，那是一八三八年的德國。雖然整個國家遭到嚴重的政治衰落，一蹶不振，但是許多著名的大學，還有哲學家黑格爾說的「思想的王國」不但存在而且發展著，再加上科學的進步，讓柏林這個城市成了歐洲思想運動的中心。

那時，有好多年輕人在柏林大學努力學習，準備回國以後占領大學講壇。他們當中，就有屠格涅夫。他帶

著特別的勤奮研究黑格爾的理論。在他對黑格爾的辯證法進行分析研究的時候，他有好幾位志同道合的朋友。其中，特別有名的是斯坦凱維奇和巴枯寧。

斯坦凱維奇是一位很柔弱的、多病的青年。因為結核病，他一天比一天瘦弱，也一天比一天更接近死亡。但是，他的智慧和豐富的心靈一直讓他青春的火熊熊的燃燒著。直到生命的最後一刻，他都沒有放棄對理想的追求。十九世紀三十年代，對於包括屠格涅夫在內的俄羅斯青年知識分子來說，斯坦凱維奇具有特別的意義。巴枯寧則像一團火，熱力逼人。

儘管讀書、和好朋友討論問題占去生活的大部分時間，但二十一歲的屠格涅夫還是一再被懷念家鄉的心情打倒。

狂風呼嘯，雪塵瀰天，凍雪在雪橇木下面吱吱作響，俄羅斯的冬天，在冰雪覆蓋下安然入夢的親愛的斯巴斯科耶……

故鄉是多麼令人神往。

一八三九年，屠格涅夫得到了消息，斯巴斯科耶遭到大火的洗劫。夏天的時候，他返國探望。

這次返鄉給了他機會，在彼得堡他兩次看到他敬愛的詩人萊蒙托夫。

俄國的上流社會曾千方百計的拉攏這位天才詩人。萊蒙托夫先是無奈和憤怒，慢慢走向並不激烈的抗爭。上流社會失去了耐心，他們不但要扼殺這位天才在詩壇的聲望，甚至要出種種手段，設法扼殺詩人的生命。

屠格涅夫看清楚上流社會的虛偽和醜惡，他又一次上路了。這次，他奔向羅馬，漫遊了義大利，再回到柏林去完成學業。

人們回憶那個時候的屠格涅夫，正好像普希金筆下的連斯基：俊美、浪漫、激情、愛沉思。

在羅馬，屠格涅夫為一位退伍驃旗兵上校的女兒寫了一些美麗詩篇。二十年以後，他寫長篇小說《貴族之家》時，青年時代的小詩在小說裡出現，當年的激情獲得了新的生命。

在那不勒斯，他常常去划船。剛滿二十二歲的屠格涅夫和船夫兩個人在海灣裡欣賞美好的夜晚。晴朗的天

空、迷人的星光在浪濤中閃爍。附近的大船上飄來了樂聲，清脆的短笛在低沉的銅管樂裡吹出輕靈的樂符，像一隻蝴蝶在小船周圍飛舞……

渴望幸福的年輕的心充滿了浪漫情懷。多年後，屠格涅夫把這種熱烈的思緒寫進短篇小說〈三次會面〉，義大利南方夜景在小說裡表現得充滿了詩意。

俄國的重要詩人涅克拉索夫讀完〈三次會面〉後，非常鄭重的表示：屠格涅夫是繼普希金之後，最具有詩人特質的俄羅斯作家。

那不勒斯的旅行還有一個更直接的結果。三年以後，屠格涅夫完成了長詩〈帕拉莎〉。那不勒斯夏天的美麗景色變成了詩歌迷人而且充滿生命力的背景。

這次旅行的最後一站，更成為一個非常美好的故事。

在奔回柏林的時候，屠格涅夫經過了德國大詩人歌德的家鄉，那就是美因河畔的法蘭克福。在那兒，他度過了永生難忘的一個夜晚。

傍晚，屠格涅夫把法蘭克福的名勝古蹟都看飽了以後，走進一條平平常常的小街。他又渴又累，眼前有一家糖果點心店，就一步跨了進去，想去買杯檸檬汽水來解渴。他站在櫃臺前面說不出話來，因為店主的女兒驚人的美麗……

美麗的女孩當時非常著急，因為她的小弟弟生了急病，昏迷不醒。她懇求這位年輕的遊客幫幫忙。

屠格涅夫當然義不容辭，馬上伸

出援手。忙碌了一個晚上，小弟弟脫離了險境，屠格涅夫也對那美麗的姐姐一見鍾情。

三十年過去了，那位美麗的女孩和那個美好的夜晚長留在屠格涅夫的心頭，終於化作了一篇同樣美麗的短篇小說〈春潮〉。

二十二歲年輕人的心潮和憧憬化作音符，給這篇小說譜寫出純潔、浪漫的曲調。

5. 故鄉之「死」

一八四〇年的冬天非常可怕，那是個嚴寒而且沒有雪的冬天，非常的冷，也非常乾燥。生長在俄羅斯土地上的許多樹木都被凍死了。屠格涅夫日思夜想的斯巴斯科耶也沒有逃過這場災難，他心愛的橡樹林大片大片的倒了下去，像屍體一樣腐爛著。他放心不下，再次從歐洲趕回故鄉。

在斯巴斯科耶，雖然遭了天災，可是大家都非常快樂，因為屠格涅夫要回來了！他一出現，整個死氣沉沉的莊園就變得生動、活潑起來。

誰能忘記呢？那些振奮人心的故事！

大家最喜歡講，也最喜歡聽的，就是關於柳霞

的故事。

故事發生在某一年的冬天，伊凡從彼得堡回到家鄉過聖誕節。他聽說他的母親要把莊園裡的一個女孩柳霞賣掉，馬上表示堅決反對。

他清清楚楚的告訴母親：買賣農奴是野蠻的行為，會嚴重的傷害人類的尊嚴。他不但在口頭上反對，還採取了行動，他幫助農奴們把柳霞藏在一位可靠的農民家裡。

事情鬧大了，買主鬧到了縣警察局，控告屠格涅夫在

「煽動」農奴們「造反」。

警察局長帶著人也帶著棍棒來到斯巴斯科耶，但屠格涅夫面對警察局長，還是不肯「把人交出來」。

屠格涅夫的母親建議用暴力「把那丫頭帶走」。

人們衝向藏著柳霞的農家，一衝進院子，大家都楞住了，屠格涅夫端著獵槍站在臺階上。

「我要開槍了。」屠格涅夫絲毫不動搖的告訴那些舉著棍棒衝上來的傢伙。

人們開始後退……

談判的結果是，屠格涅夫的母親付了違約金。柳霞終於沒有被賣掉。

這個故事不但在斯巴斯科耶無人不知、無人不曉，而且流傳到很遠的地方。

可是，四十年代初，當初保護過柳霞的屠格涅夫卻沒有辦法保衛自己的愛情。

我們再回到一八四一年，看看這個悲慘的故事是怎麼發生的吧。

在那個可怕而寒冷的冬天，屠格涅夫結束了大學的課程，回到了斯巴斯科耶。雖然遭受了天災，莊園的生活還是相當寧靜的。屠格涅夫就在這安安靜靜的日子裡忽然的愛上了一位美麗而樸實的姑娘。她的名字叫阿芙多季婭·葉爾莫拉耶芙娜。這位姑娘不是貴族，她出身於莫斯科的一個市民家庭，她是一位心靈手巧的裁縫，在莊園裡忙著為大家做新衣服。

屠格涅夫愛她怯生生的姿態，溫柔的聲音，文靜的微笑。在他眼裡，少女一天比一天可愛。在她心裡，對伊凡也一天比一天依戀……

在地主的莊園裡，藏不住一丁點

兒祕密。

屠格涅夫的母親聽說兒子愛上了一位市民的女兒，而不是一位貴族小姐，她大發雷霆，把阿芙多季婭趕出了莊園。

阿芙多季婭離開的時候，她已經懷孕了。回到莫斯科，她靠做針線維

持生活，像許多堅貞的俄羅斯婦女一樣靜靜的等待孩子的出生。

一八四二年春末夏初的時候，屠格涅夫的女兒佩拉格婭出生了。這個孩子是屠格涅夫唯一的後代。

屠格涅夫的母親得到消息，馬上派人趕往莫斯科，把嬰兒從母親身邊奪走，送回斯巴斯科耶。

阿芙多季婭失去了愛情、失去了孩子。在痛苦和孤寂當中，這位善良的女人嫁給了一位市民，從此默默的生活著。

在屠格涅夫的心裡，對阿芙多季婭的愛情並沒有死去。一八五七年完成的中篇小說《阿霞》裡面有著女兒的身世帶來的陰影。一八五八年完成的長篇小說《貴族之家》更清楚的描述了他和阿芙多季婭的愛情。這份被粗暴而殘忍的扼殺了的情感在小說裡復活了。而且，小說完成的時候，距離那悲慘的故事發生的時候，已經過去了長長的十四年。我們沒有法子忖度，那十四年是不是讓心裡的傷口不再痛得受不了。我們只知道，雖然屠格涅夫沒有辦法衝破羅網，讓這「門不當戶不對」的愛情成為婚姻，但是

他在盡最大努力承擔起他對阿芙多季婭的責任。他每年送一筆生活費給女兒的母親，一直到一八七五年阿芙多季婭去世為止。三十三年之間，從未中斷過。

這還不是最糟糕的。更悲慘的故事發生在小佩拉格婭身上。

屠格涅夫的母親把襁褓中的小佩拉格婭奪走，帶回斯巴斯科耶，但她並沒有打算要好好教養這個孩子，她把孩子丟給了一位不識字的農奴洗衣婦。

可憐的小女孩在歧視和羞辱當中一天天長大。

一八五〇年，屠格涅夫從巴黎返回故鄉。他一走進莊園，就看見一個衣衫破舊、身體瘦弱的小女孩正辛苦萬分的提著沉重的木桶在給車夫們打水，村裡的人圍著她，幸災樂禍的取笑她，粗壯的男人和女人看著孩子在泥濘裡掙扎，樂不可支。

屠格涅夫一眼就看清楚了，那就是他八歲的女兒，那就是他的小佩拉格婭。

孩子的境遇讓屠格涅夫非常的痛苦。從這個時候起，他不再覺得斯巴斯科耶是他的故鄉。在他心裡，故鄉已經死去。他很難相信，那些對他自己非常友善的人，卻能這樣殘忍的對待他的女兒……

屠格涅夫寫信給他的朋友維亞爾多夫人，向她求援。很快的，他收到了這位義大利聲樂家的回信。維亞爾多夫人坦率的告訴他，在俄國，任何教育也沒有辦法讓小姑娘脫離可怕的

虛偽和殘忍。她建議屠格涅夫把孩子送到巴黎去，她要讓小佩拉格婭和自己的兩個女兒在一起受教育、一起成長。

女兒跟父親走了，來到了巴黎，很快和維亞爾多一家人快樂的生活在一起。五年以後，屠格涅夫再看到她的時候，她已經是波麗娜小姐（佩拉格婭的法文名字），她已經完完全全變成一位快樂、美麗的巴黎少女，她已經把俄文忘得乾乾淨淨了！

在佩拉格婭離開斯巴斯科耶的那一年，屠格涅夫的母親去世了。

多年前，屠格涅夫的父親去世的時候，他心裡有著沉重的哀傷。從他有記憶的時候開始，父親就是不快樂的。可憐的人，一生都不快樂。屠格涅夫憐惜父親。

現在，母親去世了，這位女地主在閉上眼睛以前，告訴管家她最後的願望就是希望她的兩個兒子破產。她要求管家把莊園很便宜的賣出去或者乾脆一把火燒掉！反正她不要把財產留給兒子們。

但是，再兇悍的人在死神面前總是無能為力的，女地主死了，對莊園的統治也結束了，屠格涅夫和哥哥很友善的分了家。哥哥尼古拉有妻子也有孩子，生活的擔子比較重，屠格涅夫把多數的產業讓給了哥哥，只把斯巴斯科耶留給了自己。

屠格涅夫急急忙忙趕回斯巴斯科耶，就是要去做一件多少年來他一直期望要做的事：把自由還給農奴。農奴們成了自由人，願走願留完全可以依照自己的心願。

斯巴斯科耶馬上成了一個美好而

快樂的地方，女地主在經濟上對屠格涅夫的禁錮也消失了，他馬上恢復了慷慨、好客的本性。

朋友們怕戳痛屠格涅夫，很少提到他那不近人情的母親，屠格涅夫也從來不願談到她。偶然有人談起這個題目，他總是說：「寬恕她吧……」

我們無法在屠格涅夫的書信、小說中找到他對母親種種行為的任何解釋，我們只是非常的清楚，是他母親使斯巴斯科耶的農奴制度維護得非常徹底，使得屠格涅夫在斯巴斯科耶的人生經驗和買賣農奴、鞭打、愚昧、失去愛情、失去女兒等等緊密相連。

不到三十三歲的屠格涅夫，在一連串的精神折磨裡，頭髮已經花白。「故鄉」完全死去以後，斯巴斯科耶只是他的領地，是他寫作的地方，也是他和朋友們見面的地方。

屠格涅夫一生過著漂流不定的生活。很多研究屠格涅夫生平和作品的學者們都非常難過的認定，「故鄉之死」是他終生漂流最重大的原因。我們看他童年的痛苦、青年時代的悲傷和無奈，也可以得到一樣的結論吧。

6. 終生不渝

一八四二年和一八四三年，這兩年在屠格涅夫的一生中，是最重要的兩年。在這兩年裡，他認識了兩位朋友。他和這兩位朋友的友情對他產生了巨大的影響。而且，他們之間的友情持續了一生。

這兩位重要的朋友，一位是俄羅斯文學史上最重要的批評家：別林斯基；另一位是著名的義大利聲樂家：波麗娜・維亞爾多夫人。

一八四二年年底，那時候，屠格涅夫採用各種文體寫作，已經很有成績了。他寫短詩、敘事詩、評論、劇本和短篇小說。但是，他的母親和一般的貴族婦女一樣，她們都認為貴族子弟為宮廷服務，謀求一個官職才是正途。屠格涅夫在國內外求學時，立

下了志願，希望可以在大學教哲學，在學術界做出貢獻。一直到認識別林斯基以前，他都沒有想到，他會成為一位職業作家。

別林斯基常常帶著坦率、明朗、活潑的表情，屠格涅夫第一次和他見面，就深深的被他吸引，屠格涅夫這樣描寫別林斯基：「一抹迷人的微笑浮現在他唇間，又像金星一樣閃爍在他的藍眼睛裡……」

別林斯基和屠格涅夫在思想方面有很多共同的理念。

比方說，他們兩人都有一位共同的朋友——巴枯寧。巴枯寧是個狂熱的革命家，一心一意想把俄國著名的知識分子都拉到法國去，然後從法國發動俄國國內的革命。

屠格涅夫是個溫和而講究情理的人，他一向不喜歡暴力革命、聲勢浩大而缺乏理性的群眾運動、流血和戰爭。他希望變革，但是他希望用溫和的改良來改變現狀。

別林斯基把文學看作生命，把俄羅斯文學的發展看作東昇的旭日，他不可能離開俄羅斯大地奔到國外去忙政治的。

這兩位熱愛文學的朋友終於沒有參加巴枯寧的政治運動。他們全心全意投入文學事業，成為真正志同道合的朋友。

屠格涅夫晚年回憶他對別林斯基的認識，他很誠懇的表示：「他那深刻而又健全的思想，他對自身的使命的意識；哪怕他處在激情中，這種意識也不會使他離開唯一有益的活動——文學批評。」

別林斯基常常大聲的讚美屠格涅夫的聰慧、獨特的個性，他倆談話當中不斷碰撞出智慧的火花。別林斯基在給友人的信裡中肯的指出：「屠格涅夫的全部觀點，既富有個性，又符合實際。」

如果我們說，屠格涅夫是一棵橡樹，別林斯基就是那為橡樹施肥剪枝的園丁。他欣賞著橡樹的根深葉茂，相信有一天，那橡樹將會頂天立地。

一八四三年，屠格涅夫完成了他的長詩〈帕拉莎〉。這是屠格涅夫四十餘年文學事業的真正起點。

別林斯基熱情的讚揚了屠格涅夫的成就，他的長篇評論讓屠格涅夫非常不好意思。

有一天在莫斯科大街上，一位熟人攔住了屠格涅夫，向他恭喜〈帕拉莎〉得到文壇的重視。屠格涅夫滿臉通紅，竟然回答，那部長詩不是自己寫的，然後慌慌張張的奪路逃走了！

屠格涅夫

可是，眼光遠大的別林斯基卻不准屠格涅夫從文壇「逃走」。二十五歲的年輕人讓經驗豐富的批評家看見了希望。

為什麼要這樣說呢？因為一八四三年的俄羅斯文壇真是災難深重，普希金、萊蒙托夫、柯爾卓夫，這些重要的作家一位跟著一位離開了人世。

別林斯基堅定的相信，俄國詩歌不會因為這些巨星的殞落而死去。

屠格涅夫的長詩讓別林斯基的預言得到了證實，這首長詩讓俄羅斯優美的詩歌傳統一下子從夢境裡甦醒過來，發出耀眼的光芒。

從此，屠格涅夫正式躍上文壇，而且一起步就和別林斯基並肩同行。著名的文學雜誌《祖國紀事》、《現代人》也很快發現了屠格涅夫這顆新星，和他展開合作。

別林斯基不斷提醒屠格涅夫：寫作是事業，必須全心全意投入。別林斯基也堅持文學的「社會性」：文學是藝術，文學也是變革現實的重要手段。

屠格涅夫牢記別林斯基的忠告，馬上行動。他從詩歌創作轉向《獵人

筆記》的寫作。在別林斯基去世前，其中的短篇小說已經一篇又一篇的在雜誌上和社會大眾見面了。

一八四八年五月二十六日，別林斯基告別了人間。屠格涅夫把自己第一部最有「社會性」的作品《獵人筆記》的稿費送給了別林斯基的親屬。

五年的相知伴隨屠格涅夫一生。當一八八三年八月二十二日，屠格涅夫去世的時候，他要求親友把他安葬在彼得堡的沃爾科渥公墓，安葬在別林斯基身旁。屠格涅夫最後的心願實現了。偉大的小說家和偉大的文學批評家可以生生世世在一起討論文學，再也不會分開了。

我們再來看看屠格涅夫另一位好朋友維亞爾多夫人。

也是一八四三年，失去了愛情的屠格涅夫去了彼得堡，在大雪紛飛的日子裡，他看到了義大利聲樂家波麗娜·維亞爾多夫人。那時候，波麗娜在彼得堡演出。

波麗娜很年輕時就已經很有名，她不但美麗而且有驚人的表演才華。

屠格涅夫第一次看波麗娜演出的時候，並不覺得她美，「但，她一出

聲，全場都呆住了，歡喜得呆住了。好半天，大家才清醒過來，暴風雨般的掌聲把整個劇場抬了起來……」屠格涅夫事後這樣描寫當天的情形。

很快的，屠格涅夫成了維亞爾多夫婦家裡的客人，成了他們家庭的好朋友。

波麗娜不但是個優秀的藝術家，也是一位善良的、有智慧的朋友。屠格涅夫非常信任她，任何事情都願意和她商量，聽取她的意見和建議。好幾年以後，屠格涅夫看見自己的女兒受苦，也是馬上向波麗娜求援，甚至把女兒交給波麗娜去教養。

世俗社會很難瞭解男人和女人之間，除了愛情以外，還可能有這種牢不可破的友情。

十九世紀五十年代初，屠格涅夫結識了另一位偉大的俄羅斯作家：果戈理。果戈理在他的長篇小說《死魂靈》裡，描寫俄國農奴死後，靈魂仍被賣來賣去的痛苦，對沙皇俄國黑暗的農奴制度提出了抗議，引起沙皇政府的壓制。屠格涅夫曾親自聽到果戈理朗誦他自己的劇作《欽差大臣》，對果戈理非常崇敬。果戈理去世時，

屠格涅夫寫了著名的悼念文章。沙皇政府大為光火，逮捕了屠格涅夫，把他放逐在他自己的領地斯巴斯科耶。也就是說，沒有沙皇政府的許可，他不可以離開斯巴斯科耶一步。

在放逐期間，屠格涅夫曾經悄悄的逃到莫斯科，並且祕密的在莫斯科住了好幾天。為什麼要冒這麼大的險呢？只是要去看好朋友。那位好朋友是誰？就是波麗娜・維亞爾多夫人！

在個人的感情方面，才華洋溢的屠格涅夫終其一生都沒有找到歸宿。

在他認識波麗娜的時候，女藝術家已經結了婚，有一個美滿的家庭。波麗娜的丈夫維亞爾多先生也一直很喜歡屠格涅夫，欣賞他的才華，珍惜他的友誼，把他看作家庭的好朋友，待他以上賓之禮，而且多少年如一日，從來沒有改變。

所有這一切，屠格涅夫的文友們都看到了，也都覺得這實在是一種不幸的關係。他們都勸屠格涅夫不要再去維亞爾多夫婦家，免得加深痛苦。

但是，世界上很多事都不是那麼容易作出決定的。屠格涅夫沒有辦法遠遠離開波麗娜的友情。到了晚年，他的身體一天天衰老，但他的心卻還很年輕，他還是渴望去愛、去擁抱生活。但是，一年又一年過去了，他始終沒有一個自己的家，雖然他非常不喜歡過漂流不定的日子。

為了這四十年的友誼，屠格涅夫在無奈當中付出了巨大的代價——一輩子孑然一身。

波麗娜也一直忠誠的對待這份沉重的友誼。屠格涅夫死前兩個月，是波麗娜守護著他，他向波麗娜口述最後的隨筆〈海上大火〉。在他死前的

最後幾天，還是波麗娜在守護著他，他又向波麗娜口述了最後的短篇小說〈末日〉。

由於波麗娜的忠誠，由於波麗娜用法文忠實的記下了屠格涅夫最後的創作，屠格涅夫的文學事業才能持續到生命的最後一刻。

他們也為兩個人長達四十年的友情在人世間寫下了一個完美的句號。

7. 作家・作品・影響

在屠格涅夫的短篇小說集《獵人筆記》出版以後，俄羅斯文壇就認為屠格涅夫是果戈理現實主義文學理念的繼承人。《獵人筆記》文字優美、含蓄、婉約，也就成了屠格涅夫語言的風格。

一八四八年，屠格涅夫在法國親眼看到了二月革命以後許多政治事件的過程。他和巴枯寧，以及一些激進的知識分子的友誼，又讓他這個對政治沒有興趣的人，很意外的對「革命者」有了一些瞭解。

這一下，政治事件和革命者們都生動活潑的跳進了他的長篇小說《羅亭》裡。這本書在一八五五年完成。那時候，屠格涅夫已經三十七歲。他把這本書獻給十九世紀四十年代的人

們。他也透過這本小說，揮手告別青年時代，跨進人生新的歷程。

屠格涅夫用了兩年半的時間構思另外一部重要的作品《貴族之家》。構思的過程非常痛苦。但是，人們完全不知道他的痛苦，因為在那段時間裡，他寫了非常美麗的短篇小說《浮士德》和中篇小說《阿霞》。這兩部小說如詩如畫的抒情氣氛讓涅克拉索夫和其他的朋友們都歡呼起來。大家都為屠格涅夫的成功高興得不得了。誰也沒想到屠格涅夫正被強烈的不安和痛苦折磨著。

終於，《貴族之家》在痛苦裡脫稿了。在屠格涅夫的小說裡，長篇小說《貴族之家》帶有最多自傳色彩。看起來，作家面對自己，是一件最不容易的事情。《貴族之家》也有強烈的批判精神，其中，有對「宗教已經成了婚姻的牢籠」的大膽揭露。屠格涅夫是溫和的，所以，批判也好，

揭露也好，都不是聲勢洶洶的討伐，而是溫婉的低訴，非常的感人。

十九世紀的下半葉，「改良」和「革命」的分歧讓俄羅斯的文學界分裂了。

屠格涅夫堅持溫和的改良，堅持人道主義的原則。長篇小說《前夜》為他的理想作了最熱烈、最有力的說明。

一八六一年，屠格涅夫完成了另外一部長篇小說《父與子》。這部作品一下子受到了「最好」和「最壞」兩極化的批評。為了這部小說，文學界展開了一場大混戰。

幾十年以後，專家們得到了共同的看法，他們說：在《父與子》裡，屠格涅夫的才華完全成熟了。《父與子》是屠格涅夫的巔峰之作。

杜斯妥耶夫斯基當年就曾把《父與子》和果戈理的《死魂靈》相提並論。

後起之秀契柯夫當時讚美這部小說:「我的天！《父與子》寫得有多麼好！簡直讓人嘆為觀止……鬼才知道是怎麼寫出來的。真是天才!」

所以，文學批評有時候也很難有一定的標準，倒是讀者對作品的熱愛程度可以當作一把尺或一桿秤。

從十九世紀六十年代開始，俄羅斯先進的知識分子們就起步「走向民間」，到了七十年代，終於形成了一個思想運動。

通過仔細的觀察、分析和選擇許許多多的資料以後，屠格涅夫很周詳的設計了整個故事情節和人物性格。

然後，用了整整三個月，屠格涅夫整天整晚伏案寫作。他最後的長篇小說《處女地》完成了。屠格涅夫用這部小說來描寫那個「走向民間」的思想運動和那個動盪不安的時代。

在屠格涅夫漂流不定的寫作生涯裡，他和法國作家們建立了長期的友誼。他和福樓拜、龔古爾、都德、左拉更結成了親密的文學團體。短篇小說之王莫泊桑和優秀的女作家喬治・桑都說自己的文學創作受到了屠格涅夫很大的影響。

小說家梅里美在十九世紀五十年代就指出：屠格涅夫是普希金和果戈理文學傳統的繼承人。他不但熱情的介紹屠格涅夫的作品，也親自把這些作品翻譯成法文。

屠格涅夫把自己變成俄國文學和西方文學間的一座橋。他利用各種機會，讓西方社會瞭解俄國文學，他也努力的把西方作家介紹給俄國讀者。

許多法國文學的巨星都曾經親切的回憶屠格涅夫和他們一起度過的那許多非常豐富、非常快樂的日子。

多少朗讀文學作品的日子啊！在俄國，在法國。

多少誠懇的意見交換，多少有深度的分析和交談啊！

屠格涅夫有廣闊的視野和寬大的胸懷，在這許許多多的交流當中，他得到了世界思想界的尊敬。

屠格涅夫對人生、對文學的熱愛是無限的。在他病重的日子裡，他還給托爾斯泰寫了最後的一封信。

屠格涅夫和托爾斯泰有過很深的隔閡，托爾斯泰也說過讓屠格涅夫非常痛心的話，他們兩人已經有十七年不相往來。但是，到了最後的日子，屠格涅夫卻要再一次勸說托爾斯泰恢復藝術創作，不要離開文學。

托爾斯泰被深深的感動了，以後很多年，托爾斯泰不斷回憶起他們之間起伏不定的友誼。

一八八三年八月二十二日，屠格涅夫在法國去世，在離開這個世界之前，他沒有忘記向俄羅斯大地告別，向他心愛的、年輕的橡樹告別。

他去世之後，被送回彼得堡，永遠的回到了他親愛的俄羅斯，回到了他的好朋友別林斯基身邊。

在屠格涅夫長達四十年的寫作生涯裡，給我們留下了許多優美如詩的小說、散文。這些作品在一百年後的今天都已經有了中譯本。

在一個美麗的午後，讓我們坐在那橡樹撒下的綠蔭裡，展讀那些優雅

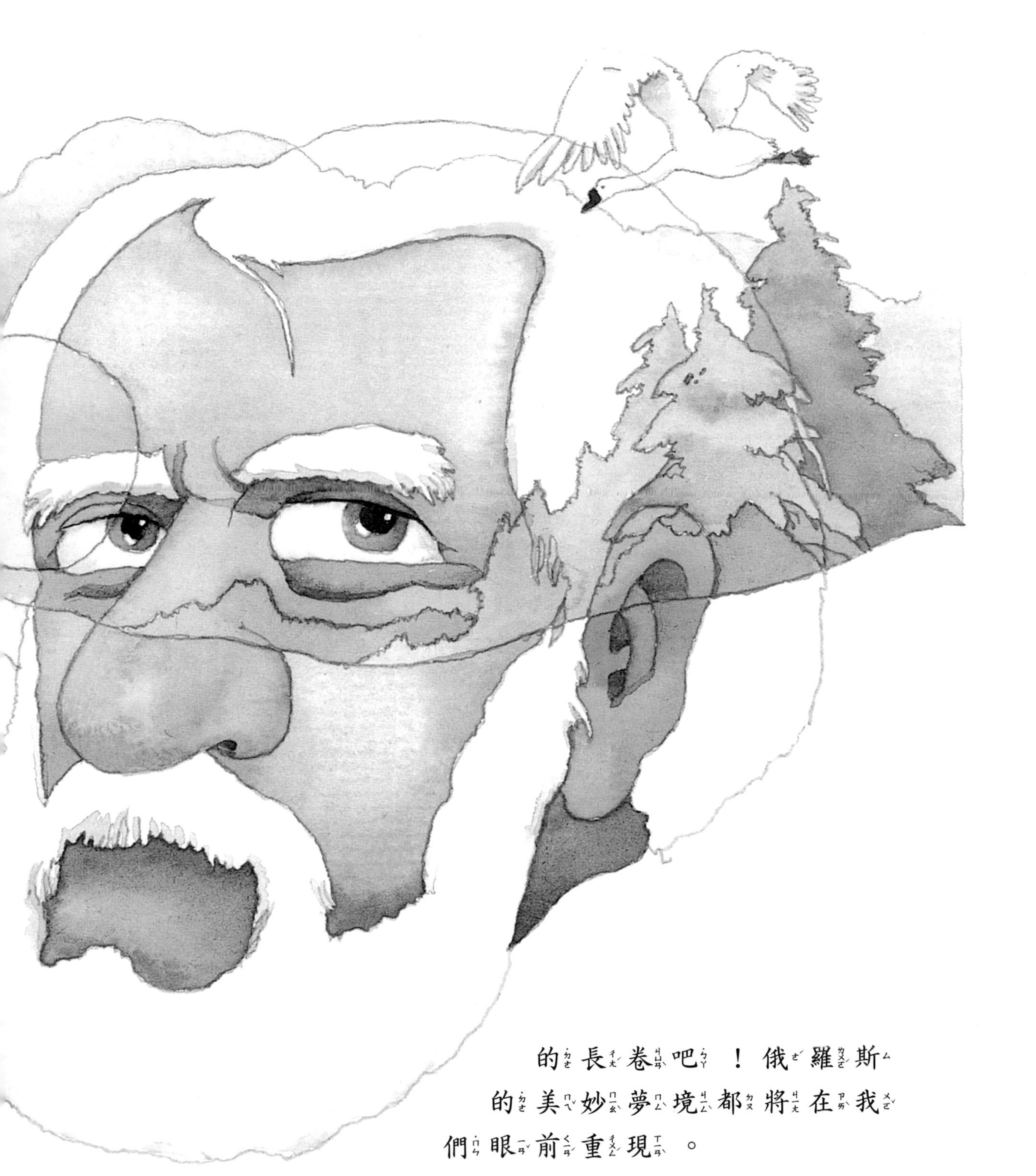

的長卷吧！俄羅斯

的美妙夢境都將在我

們眼前重現。

屠格涅夫

Ivan Sergeyevich Turgenev

屠格涅夫 小檔案

1818年 11月9日，出生於家族的原鄉奧廖爾。在斯巴斯科耶莊園度過童年。

1827年 和哥哥尼古拉一起進入莫斯科的維登哈麥寄宿學校。

1833年 開始寫詩、詩劇和散文。

1836年 評論文章刊於教育部雜誌。

1837年 兩次見到普希金。完成《我們的世紀》以紀念普希金。

1838年 赴德國求學，在海上遭到大火。結識斯坦凱維奇和巴枯寧。

1839年 返回斯巴斯科耶探望。兩次見到萊蒙托夫。

1840年 結束課程返回斯巴斯科耶。愛上阿芙多季婭。

1842年 女兒佩拉格婭在莫斯科出生。結識別林斯基。

1843年 結識義大利聲樂家波麗娜・維亞爾多夫人。

1848年 5月26日，別林斯基與世長辭。屠格涅夫的短篇小說集《獵人筆記》出版。

1850年 將女兒交給維亞爾多夫人教養。母親去世。結識果戈理。

1855～1861年 先後完成《羅亭》、《阿霞》、《貴族之家》、《前夜》、《父與子》等小說。

1875年 阿芙多季婭去世。

1877年 長篇小說《處女地》問世。

1883年 在病中口述完成隨筆〈海上大火〉和最後的短篇小說〈末日〉。8月22日，在巴黎與世長辭，葬於彼得堡沃爾科渥公墓，別林斯基身邊。

寫書的人

韓　秀

Teresa Buczacki 是一位生在紐約，卻在臺灣海峽兩岸一共住過三十五年的女作家。她現在住在雅典，住在藍寶石般的愛琴海濱。

雖然隔著山，隔著水，她的眼睛卻常常注視著東方 ， 注視著青山綠水的臺灣。

她寫過四本小說，五本散文。這本關於屠格涅夫的故事是她為臺灣小讀者寫的第一本書。

畫畫的人

鄭凱軍

鄭凱軍擅長插畫、連環畫創作，他的作品題材廣泛，形式多樣 ， 而構思獨特、幽默機智是其突出的風格，曾獲得「中國優秀美術圖書特別企獎」、「冰心兒童圖書獎」、「五個一工程獎」(促進少年兒童文化發展的獎項)等多項大獎。根據他的作品《小和尚》、《萬國漂流記》改編的動畫，深受孩子們的喜愛。

藝術才華多方面的鄭凱軍，除了插畫，他長期從事教育電視編導和電腦美術工作，並曾獲全國科普電視評比銀獎。

錢繼偉

擁有多年的兒童繪本創作經驗的錢繼偉，喜歡用不同的造型風格來詮釋不同的童話故事；在色彩方面，擅長用水彩渲染，並以甜美的色調帶領讀者進入抒情、詩意的世界，有時也用平面構成的畫面來營造一種安詳、平和的氣氛，很受兒童和媽媽的喜歡。作品曾獲得第六屆「五個一工程獎」和多次的「中國圖書獎」。

錢繼偉最喜歡一邊聽莫札特的音樂一邊愜意的工作，餘暇時，喜歡閱讀各類書籍，更喜歡和小朋友一起在大自然中遊戲。

獻給孩子們的禮物

「世紀人物100」

訴說一百位中外人物的故事
是三民書局獻給孩子們最好的禮物！

- 不刻意美化、神化傳主，使「世紀人物」更易於親近。
- 嚴謹考證史實，傳遞最正確的資訊。
- 文字親切活潑，貼近孩子們的語言。
- 突破傳統的創作角度切入，讓孩子們認識不一樣的「世紀人物」。

兒童文學叢書

文學家系列

榮獲行政院新聞局第五屆人文類小太陽獎

第十八次推介中小學生優良課外讀物

文建會「好書大家讀」活動推薦

文建會「好書大家讀」活動1999年度最佳少年兒童讀物獎

～帶領孩子親近十位曠世文才的生命故事～

每個文學家的一生，都充滿了傳奇……

震撼舞臺的人——戲說莎士比亞
姚嘉為著／周靖龍繪

愛跳舞的女文豪——珍・奧斯汀的魅力
石麗東、王明心著／郜　欣、倪　靖繪

醜小鴨變天鵝——童話大師安徒生
簡　宛著／翱　子繪

怪異酷天才——神祕小說之父愛倫坡
吳玲瑤著／郜　欣、倪　靖繪

尋夢的苦兒——狄更斯的黑暗與光明
王明心著／江健文繪

俄羅斯的大橡樹——小說天才屠格涅夫
韓　秀著／鄭凱軍、錢繼偉繪

小小知更鳥——艾爾寇特與小婦人
王明心著／倪　靖繪

哈雷彗星來了——馬克・吐溫傳奇
王明心著／于紹文繪

解剖大偵探——柯南・道爾vs.福爾摩斯
李民安著／郜　欣、倪　靖繪

軟心腸的狼——命運坎坷的傑克・倫敦
喻麗清著／錢繼偉、鄭凱軍繪

小太陽獎得獎評語

三民書局以兒童文學的創作方式介紹十位著名西洋文學家，
不僅以生動活潑的文筆和用心精製的編輯、繪畫引導兒童進入文學家的生命故事，
而且啟發孩子們欣賞和創造的泉源，值得予以肯定。